KB203475

사계四季

사계四季

글·그림 天木

권두시

세상사 인간사

그냥저냥 물 흐르듯
바람결에 춘하추동春夏秋冬으로 가고 오는 것이
어느덧 세월이 되고……

세월 너머 동서남북東西南北으로 자리하다 보면
스스로 뜻을 세우게 되고……

인간사 이래저래 엮이며 살다 보면
스스로 존재 이유와 의미를 알아차리게 되겠지요.

세상사 이런저런 그런 일이 생기더라도
그것에 의미를 두지 않고
무소의 뿔처럼 혼자
홀로 갈 수 있는
다함이 없는 마음들이길 바라는 마음입니다.

이래도 한세상 저래도 한세상뿐이니
어느 세월을 기약하며 살아들 갈까?

다만 자신에게 친절하고
뭐든 지금 여기 이대로 한가로울 수 있는
그런 존재들이었으면 하는
간절한 마음이 여기에 있습니다.

차례

봄·春 _ 봄날은 간다

14 춘설春雪 1

15 춘설春雪 2

16 춘설春雪의 향기

17 입춘立春을 기다리며

18 입춘立春

19 봄소식

20 봄바람

21 봄바람의 숨결

22 봄은 이미 마음에

24 사월은

25 사월의 노래

26 사월의 연가戀歌

27 춘풍春風

29 화우花雨

30 꿈 꾸는 봄날

32 봄 향기

33 무심한 봄날

34 봄비는 내리고

35 봄비 1

36 봄비 2

38 봄비 내려 좋은 날

39 봄비 내리는 날에는

40 봄비는

42 창밖의 봄

43 봄의 향연饗宴

44 오월의 노래

45 오월의 사랑

46 오월의 여백

47 오월의 하늘

48 오월의 하루

49 봄날의 서정抒情

50 생명의 봄

52 춘정春情 1

53 춘정春情 2

54 춘정春情 3

55 춘몽春夢

56 봄날을 보내며

57 봄날은 간다

여름·夏 _ 태양 앞에 서다

60 유월의 바람

61 유월의 하늘

62 태양의 미소

64 소나기 단상斷想

67 소나기

68 빗줄기 단상斷想

70 장대비

71 장맛비 앞에서

72 태풍이 지나간 자리에는

74 폭염 주의보

76 철길에 서서

77 열대야熱帶夜

78 장마 전선

80 칠월 단상斷想

81 한여름 밤의 꿈

82 연화무蓮花舞

83 벽음碧音

84 순수純粹

85 태양 앞에 서다

가을·秋 _ 가을이 간다

88 가을 문턱에서

89 가을 노래

90 구월의 봄

91 구월의 지금

92 구월의 시간 앞에서

94 가을 단상斷想 1

96 가을 단상斷想 2

97 가을 단상斷想 3

98 가을 사랑

99 가을 연가戀歌

101 가을 햇살

102 가을 하늘 1

103 가을 하늘 2

104 가을비 내리면

105 가을비에

106 가을비는 내리고 1

107 가을비는 내리고 2

108 가을빛

109 가을밤 꿈에서 깨어 보니

110 가을바람 1

111 가을바람 2

112 추공秋空

114 낙엽 단상斷想

115 단풍

116 가을은

118 낙엽이 진다

120 가을이면 앓는 병

122 나만의 가을 하늘

123 가을 하늘 기러기 날고

124 추야몽중秋夜夢中 – 속리俗離

126 추야몽중秋夜夢中 – 애수哀愁

127 추야몽중秋夜夢中 – 추풍秋風

128 시월의 마지막 날에 1

129 시월의 마지막 날에 2

130 시월의 마지막 날에 3

131 시월 마지막 밤의 연가戀歌

132 가을이 남기고 간 사랑

133 가을이 간다

겨울·冬 _ 설산雪山의 열정

136 겨울 연가戀歌

137 겨울 하늘

138 겨울 단풍

139 겨울 안개 1

140 겨울 안개 2

141 겨울 안개 3

142 겨울 단상斷想

145 겨울 바다

146 겨울 장미

147 겨울 비가悲歌

148 겨울 나들이

149 겨울 빗소리에

150 겨울비

152 정월 대보름

154 겨울밤 1

155 겨울밤 2

156 호롱불

157 겨울밤 바람 소리

158 설산雪山의 열정

봄 · 春

봄날은 간다

춘설春雪 1

때늦은 함박눈에
온 세상이 하얗다.

입춘 지나 내리는 눈은
그해엔 좋은 징조라는데

가뜩이나 심란한
우리 모두의 마음이
새하얗게 지워졌으면
참 좋으련만……

돌고 돌아가지 않는
시절時節이 하 수상殊常하여
마음 둘 곳 없는데

때늦은 춘설은
뒷생각 없이
무작정 세상을 덮으려 하는구나.

춘설春雪 2

무등산無等山
무심無心 자락에 내린 춘설春雪은
그 시린 향기를
춘설차春雪茶에 전하고

춘풍春風에
무등無等의 봄기운은
지루한 겨울 훌훌 털고 일어서려는
민초民草들 가슴에 춘정春情을 전한다.

여민 숨결로 전해 오는 봄비는
파릇하게 돋아나는
찻잎의 여린 순정純情을 바라본다.

아직도
세인世人의 고달픈 숨결은
오르지도 못한 무등 자락에
시리고 저린 한숨을 묻고
까닭 모를 춘설은
그렇게 속절없이 내린다.

춘설春雪의 향기

잔설殘雪은
겨울을 내주기 싫어
입춘立春에 맞서 눈을 뿌린다.

타성惰性이라는 게
일체에 깃들어 있는 걸 보면
내려놓는다는 건 참 힘이 들고

세상은
잔설의 집착을 덮으려
잔뜩 찌푸린 날을 잡아 두지만

춘설은
무등산無等山 자락의 찻잎에 내려앉아
그윽한 향기를 찻잔에 우려낸다.

입춘立春을 기다리며

앞뒤 없는 세월에는
혹한의 시간도 다 지나가는 것을
손 시리다고 호호 부는 입김조차
얼어 붙은 지금 이 순간

다들 아랫목에서
달력 뚫어지게 입춘에 시선 맞추고는
말이 입춘이지
추운 건 아직 멀었다는 생각에
뜨시지도 않은 아랫목으로 파고 든다.

입춘이라는 절기에는
가슴 훈훈해지는 온기가 있어 그런지
입춘을 바라보는 눈길이
푸근해 보여 좋다.

입춘立春

봄은
내 가슴에서
그대의 가슴으로 전하여지는
생명 에너지

춘정春情은
다가오기도 하지만
다가가는 마음이 없으면
그냥은 이루어질 수 없는
따뜻한 생명의 손길

봄은
생명력으로
새로운 삶의 시작을 알리고

그런 인연들로 인하여
여기 조화로운 세상에
한 송이 꽃으로 피어나는
아름다운 삶의 빛을 안고서
봄의 세상으로 들어갑니다.

봄소식

겨우내 숨죽였던
이 땅 위의 생명들이
멈추었던 기지개를 켜고

시린 하늘 바람결 따라
내 열린 숨결에 숨 쉰다.

절기節氣 따라
시절이 들고 일어나
한숨 쉴 수 있기를
봄바람을 깨워 기도한다.

그대로 볼 수 없는 우리
이대로 들을 수 없는 우리
그냥은 느낄 수 없는 우리
모두가 한 소식 몰라서 그럴까?

봄바람에 문득
한 소식 알아차리면
그냥 웃겠지.

봄바람

개구리 깊은 잠에서 깨어나고
언 땅 부풀어 오르는 여기에
저기 남녘에서 바람이 불어온다.

영영 얼어 버릴 것 같았던 시간
그 언저리에
움츠린 가슴과 시린 코끝에
온기로 느껴지는 바람이 분다.

때가 되면 가고 오는
이 자연의 이치에
한순간 안도의 한숨을 쉬어 본다.

모두가 절로 돌고 돌아가는
순리의 세상에
제대로 돌지도 돌아가지도 않는
저 중생들의 어리석은 가슴에도
봄바람은 그냥 불어온다.

무심無心하게……

봄바람의 숨결

세한歲寒의 모진 바람 사라진
언덕 너머 부는 춘풍春風의 바람결에는
풋내음의 애잔한 추억이 있다.

옷깃 가벼운 일상의 숨결에는
그냥 내려놓고 싶은 생각처럼
풀잎 같은 사랑이 깃들어 있다.

어느새 불어오는
꿈같은 봄바람의 숨결 끝에
겨우내 굳어 있던 번뇌마저
가만히 내려놓는다.

봄은 이미 마음에

겨울이 가고
내 마음으로
봄이 오고 있습니다.

겨울 속에 머물러도
님이 오시면
마음 안에선
기다렸던 봄이 옵니다.

떠나는 님 뒤로
다시 겨울바람이 불고
다시 봄이 오고
다시 겨울이 오고

이젠
봄을 주고 가시는 걸음 뒤로
겨울을 안고
눈밭을 걷지 않아도 될 것 같습니다.

님 생각으로 그 발자국 따라 걷지 않아도
발자국을 남긴 그 자리에 봄이 오듯
새싹이 돋아나 새로운 생명이 움트고
그 생명의 움직임을 보고 있기 때문입니다.

아름다운 생명이 시작되어
마음 안에서 봄날을 가득하게 하여
겨울 속에서도 봄날은 숨어 있습니다.

님이 봄을 두고 갈 때마다
마음으로 보이는 봄날
영혼 속 생명의 아름다움 활짝 피워
또 다른 아름다운 생명의 봄날을
내 마음에서 만들 것입니다.

오늘도
님의 뒷모습 따라 보이는 발자국에
봄이 움트고 있습니다.

사월은

사월은
생각 없어 휑하고
무딘 시절로 외롭다.

이렇게
먼지만 자욱한 지금

분간할 수 없는
세월의 그림자 너머

이 삶의 고뇌를
사월에 두는 까닭
누가 있어 알까?

잔인한 소리조차
떨치지 못하는 신세

황사에
눈조차 뜰 수 없는
처량한 시절이 된다.

사월의 노래

희뿌연 하늘 너머로
목마른 바람 뜨거운
사월의 가운데 서 있다.

땅 기운 푸른 여기에
메마른 바람 따가운
사월의 바람이 분다.

지금 시절은 외롭고
그냥 비워 둔 여기엔
사월의 노래가 있다.

이렇게 시절도 가고
세상은 돌고 돌아서
사월의 끝에 머문다.

사월의 연가戀歌

꽃비 내린 가로수 밑을 걷다가
꽃잎 밟는 느낌에
문득 소월의 진달래꽃을 생각한다.

어느 세월의 한순간
꽃보다 아름다운 사람을
가슴으로 느끼며 바라보던 그 순간
멈추지 않은 세월의 무상함
오늘따라 새삼 꽃비를 보며
춘정春情에 흥겨워하였던
그때의 나를 돌아본다.

이렇게 사월은
춘풍春風이 잠시 머물다 돌아가는
언저리여서 그런지
거친 무드로 느껴지는 까닭에
잔인한 사월이라 하였나 보다.

만남도 헤어짐도 춘정에 겨운 벌과 나비처럼
화무십일홍花無十日紅의 그림자로 시들어 가는
저 꽃들의 이야기가 되어 들려온다.

춘풍春風

개나리 진달래 봄을 알려 향춘객享春客 부르고
벚꽃은 꽃샘추위에 꽃비 되어 내린다.

이렇게 마감하는 사월의 봄은 슬프게 가고
황사 품은 춘풍春風은 잔인한 세월 너머로 간다.

좀 편안해지는가 싶었던 아버지의 기침
밤새도록 봄바람에 콜록콜록 진을 빼신다.

나이 들면 춘풍에 생기마저 떨어져 힘들고
돌아보면 일장춘몽一場春夢 무상한 세월이다.

여기 사월의 끝에서 바라보는 삶의 그림자
꿈속의 나를 보면서 꿈같은 이야기를 한다.

봄의 향연饗宴 天木 作

화우花雨

사월의 하늘에 꽃비가 내린다.
그 빗속에 꽃향기 묻어 있다.
그 향기 속에 님의 눈물도 있다.
내 님의 속살 같은 향기가……

사랑을 다 주지 못한 안타까움에
눈물이 된 꽃비 맞고 있으면
내 마음에 하늘 꽃이 핀다.

이 세상에 하나뿐인 사랑의 꽃
내 눈에도 피고
내 마음에도 피고
님의 미소 속에도 피어 있고
님의 가슴 속에도 피어 있다.

님이 주신 꽃에는 사계四季도 없고
님이 주신 꽃에는 우주가 있다.

사월의 꽃비 맞으며
속살 같은 님의 향기 느껴 본다.

꿈꾸는 봄날

꿈꾸는 봄날은
저 하늘 구름 꽃처럼
자유롭고 아름답게 펼쳐져 있으리라.

봄날을 준비하는 시간은
찬바람에 얼어붙어
떨리는 손끝처럼 아리고 슬퍼
고개만 들어도
천지사방에 고이는
호수가 내 눈물이고

한겨울 햇살 속에
가슴 없는 바람소리 거세어도
한 가닥 잡고 있는
내 꿈꾸는 봄날은
영원의 시간 속에
영롱하고 찬란하게 펼쳐져 있으리라.

꿈꾸는 봄날은
아쉬워 애달프고 안타까워
가슴 다 태워도
바라다 지친 마음
속절없는 세월 속에
묻히고 묻혀
흔적 없이 사라진다 해도
내 자유의 시간 속에
또 다른 인연으로 다가오리라.

세월이 흘러
나의 꿈꾸는 봄날은
구름 꽃처럼
내 하늘 가득 펼쳐지리라.

봄 향기

얼고 언 땅에도
춘풍春風에 하늘 비마저 내려
대지에 생명력 불어넣고

우리네
닫혀 있는 마음 문門에도
춘정春情이 깃듭니다.

춘하추동春夏秋冬으로
돌고 돌아가는
세월 저편엔 사계四季가 있을까?

내가 없으면
춘하추동도
동서남북도
다 없는 것인 줄 알면

이 봄기운도
참으로 아름답고 향기로울 것입니다.

무심한 봄날

노란 개나리
파릇한 이파리 사이로 불던
차가운 바람도
어느새
온기溫氣 머금은 숨결로 다가와

만개한 벚꽃
꽃비로 내리게 하고선
서산 너머로 숨죽여 넘어간다.

화무십일홍花無十日紅 그림자는
노을빛 따라 그렇게 또
무심한 채
봄날은 간다.

봄비는 내리고

커피 한 잔으로는
감당이 안 될 만큼
짓궂은 봄비가 내리고

어디에도 두지 못한
심란해진 생각들은
남쪽 창가에 맺힌
빗방울 너머에 머문다.

길 건너 흐드러지게 핀 개나리
고개도 들지 못하고
빗줄기에 숨죽여 있고

가로수 가지 끝에선
감로수를 만난 듯
새순들의 히죽거리는 봄의 소리
빗줄기에 흥을 더한다.

문득
고이 접어 둔 긴 우산 펴들고
봄비 따라 길을 나선다.

봄비 1

얼었던 대지가 숨을 쉬니

나도 덩달아 숨을 쉽니다.

묵은 생각이 한숨을 쉬고

가슴에 숨겨둔 사연마저

봄비 따라 하늘로 갑니다.

봄비 2

하늘이 내려준 지난 세월 이야기를
아직 못다 한 안타까움에
아무도 모르게 찾아온 옛이야기가 있습니다.

어느 사이 어둠이 익숙해지고
태양의 시간에 몸을 감추어
하늘 저 뒤편 소리 없는 시간 속에
맴돌고 있는 새벽빛 이야기는
오늘 이 세월 가운데 지난 서러움 전하며
흘리는 눈물이 봄비가 되었습니다.

때론 태양 앞에서 그 모습 환히 드러내어
가슴에 묻어 둔 눈물 모두 씻어내고 싶지만
어둠이 찾아올 시간
그저 말없이 밤하늘의 가슴에 머무릅니다.

밤새도록 별천지 속 달무리 바라보다
새벽이 되면 태양 뒤편으로 사라져가는
마법에 걸린 지난 세월이 서러워
오늘 이렇게 봄비 되어 세월 앞에 웁니다.

가슴으로 울어라!
마음으로 적셔라!
새벽빛 세월의 서러움이여!

한없이 눈물짓는 봄비는
어쩌면 그 어둠의 시간을
영원히 가지고 가야 할 슬픔에
그저 가슴으로
마음으로 흐느끼며
봄비로 세월을 적십니다.

세월 앞에서
더 가까이 느끼면 느낄수록
태양이 오기 전
어둠의 시간을 가지고 가야 할 운명처럼
오늘도 봄비는 소리 없이 웁니다.

봄비 내려 좋은 날

입춘 소식에
언 땅 소리 없이 풀리고

봄비 소리에
차가운 먼지 내려앉는다.

마음 가운데
간절함이 문득 자리하면

자연스럽게
오고가는 것이 한가롭다.

사람 사는 게
절기節氣를 돌아서 살다 보면

봄비만 내려도
묵은 마음조차 사라진다.

이렇게
봄비 내려 좋은 날에는……

봄비 내리는 날에는

내리는 봄비 사이로 전해져 오는
이 초록의 싱그러움은
내 가슴을 적시고
이내 스쳐 지나가는 세월이 된다.

촉촉이 내리는 봄비는
어릴 적 처마 밑에서 들었던
그 느낌 그대로 와닿아
마냥 지난 시절로 빠져들어간다.

짧게 동심원을 그리며 사라져 가는
그 흔적이 안타까워
가끔 뒷산 아래 저수지에 돌을 던져
큰 동심원을 그리고자 하였던
그때 그 마음이 된다.

봄비 소리에 퍼지는 이 초록의 향기도
언젠가 빛바랜 세월이 되어 사라질
그 순간들이 안타까워
차마 그냥 두고 갈 수 없어
영원불멸永遠不滅의 무리無理를 꿈꾼다.

봄비는

봄비는
입춘立春에도
풀리지 않던
이 땅 위의
생명을 깨운다.

그렇게
모질게 다가온
긴 한파에도
대지의 생명은
기지개를 켠다.

땅을 축여
모든 생명들에
봄을 전하는 이 비는
온종일 내린다.

속절없이……

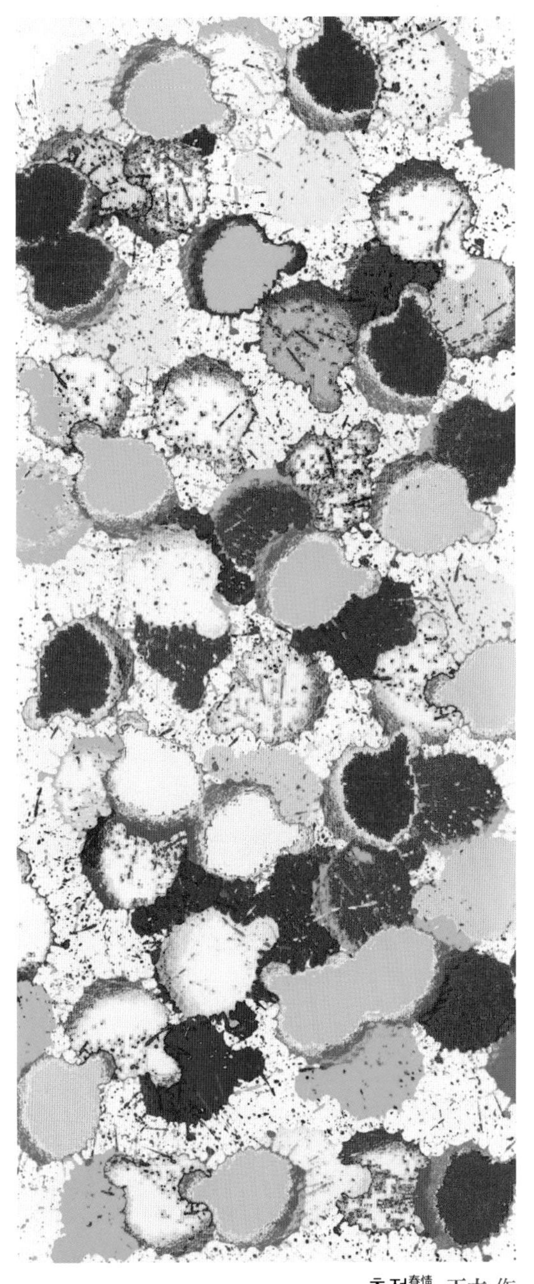

춘정春情 天木 作

창밖의 봄

향춘객享春客 설레는 가슴 너머로

생명 축제가 시작되는 지금

아지랑이 사이로 신기루 같은 봄 기운

창밖에 펼쳐지고

아직도 입춘立春의 입김조차 없는

가슴 너머엔 창밖의 봄이 된다.

봄의 향연饗宴

긴 겨울 지나
훈풍 사이로 꽃을 만난
그대의 침묵은 어떤가?

찬란한 봄 구경
춘풍春風 너머로
무엇을 느끼고 있는가?

하늘의 숨결이 그대를 반기는가?
평온한 눈길이 당신을 품어 주는가?

자연은 이렇게 사랑으로 품어
생각으로부터 자유로운
스스로 살아가는
길을 열어 둔다.

돌아보면 후회뿐이고
마주하면 희망인데
공연히 시름만 앞선다.

봄의 향연 너머로……

오월의 노래

햇살 고운 오월은
우리 모두의
거부할 수 없는
아름다운 유혹입니다.

오월을 마주하고 있다는 것만으로도
참 행복하고 고마운 일이지요.

내 안의 하늘을 찾고
내 안의 그대를 만나서
뒤돌아보지 말고 유유히 달려가 보라.

긴 침묵에서도
자연을 노래하는 이여!

그대가
오월의 진정한 주인공입니다.

오월의 사랑

검푸른 밤하늘

별빛과 달빛이

내 핏줄에

내 눈빛에

내 그리운 마음에 용해되어

홀연히

바람결에 스치고 지나가는

내 목숨 같은

열정熱情

오월의 여백

푸른 하늘 너머로
푸른 마음을 본다.

하얀 구름 너머로
하얀 생각을 본다.

하늘도
구름도
그대로 한가로우니

불어오는 바람에도
한적함이 있어
하늘도 구름도 곱다.

푸른 마음으로 보는
하얀 생각 끝에서

오월의 희고 푸른 여백을
노을빛 사이로 비친
내 그림자에서 본다.

오월의 하늘

오월의 하늘에 꽃가루가 날린다.

무심코 바라보는 꽃가루 너머로

손가락 들어 하늘 그림을 그린다.

꽃가루 내려앉은 땅에도 그린다.

오월의 향기로 구름 바라보면서……

오월의 하루

가만히 눈을 뜨면
햇살은 창밖 가득하고

일어나 밖을 보면
빨간 장미가 먼저 반긴다.

오늘도
채울 수 없는 시간 속에서
아카시아 향으로
오월의 나른함을 즐긴다.

하늘도 바람도
편안한 지금

여기도 잊고
나도 잊은
오월의 여유를 만끽한다.

봄날의 서정抒情

뜰 앞 석등 아래
수줍은 듯 피어난
백두산 할미꽃의
소박한 자태를 보면서
한순간 느낀 여기에는
생명의 비밀스런 아름다움이 있다.

아마도 고개 숙인 꽃들에서
와닿는 느낌일 수도 있겠지만
새로운 봄날
새로운 생명의 기쁨을
저 몰래 애써 감추려는
자연의 경이로운 아름다움이 있다.

여기 봄볕 내려앉은 뜰 앞에서도……

생명의 봄

봄비에 더 앙상해진 마로니에 가지 사이로
새로운 생명이 숨을 쉬고
그 숨결 뒤로 돌고 도는
인생의 가운데 서 있다.

새삼스럽게 생로병사生老病死의 의문이
뇌리를 스치고 지나가는 한순간에
이 삶의 무상함
피할 수 없는 가슴에 자리하고
그 뒤로 멈춰 버린
내 삶의 무심처無心處에서
파릇한 새순이 된다.

내쉬는 이 숨 끝에
새로운 생명이 돋아나고
들이쉬는 이 숨결에는
비로소 내가 존재한다.

세상사 길 없는 가운데 돌고 돌아가고
견처見處 없는 두 눈으로 바라보는 그 자리엔
중생의 분별이 자리하고
생사生死의 당처當處에는 삶의 그림자로 가득하다.

움트는 봄 기운은
새로운 세상을 향하고
덧없는 춘풍春風의 핏빛 뒤에는
삶의 빛바랜 향연饗宴으로
그저 분주하기만 하다.

메마른 텃밭에 물 주듯 내리는
이 하늘 비는
타고 남은 잿더미 위로 피어오르는
먼지처럼 사라지고
이 잿빛 하늘은 지울 수 없는
내 안의 메마른 가슴으로 숨 쉬고
봄비 소리에 깬 나의 무의식은
또 다른 생명에 환희심을 더한다.

춘정春情 1

잔설殘雪 녹은
솔밭 사이로
아침 햇살
곧게 드리우고

봄을 기다리는
내 가슴에
아직도
녹지 않은 찬바람은

아랫마을
몇 그루 남아 있는
고매화古梅花 향기
홀로 저 푸른 하늘을
붉게 물들이고 만다.

춘정春情 2

춘풍春風에
아직은 이른 봄기운이 유혹하는
창 안 가득한 아침 햇살 눈부시고

그냥은
눈감고 싶지 않은 햇살 너머로
문득 돌아본 세월은 꿈만 같다.

세월은
이렇게 꿈같은 구름이고
춘정에 겨운 햇살 너머 무상無常하니

시절은
마른 잎 사이로 저 몰래 내미는
대지의 파릇한 기운 가득 새롭다.

춘정春情 3

햇살 아주 고운 날
따스한 햇볕의 노랫소리에
주체할 수 없이 정겨운 지금

햇볕 아래 춘몽春夢으로
길 잃은 저 나그네

무심한
빛의 그림자 속으로
봄바람에 떠밀려
돌고 돌아간다.

춘몽春夢

문득 내려놓은
한 생각 너머

봄바람 소식에
생겨난 걸 알아차리니
돌아갈 길 먼저
온 길을 재촉한다.

한순간
꿈 깨어 돌아보니
세상에 돌고
돌아가지 않는 것이 없어

신명난 봄바람
성주괴공成住壞空의
묘리妙理 위로
홀로 있어 즐겁다.

봄날을 보내며

눈부신 하얀 햇살 안고
봄이 왔는가 싶더니
하늘 가득 수놓은 꽃잎 따라
봄날은 갑니다.

봄 향기 품은 가슴에
태양의 열정으로 채운
연분홍 그리움 두고
이렇게 봄날은 갑니다.

아쉬운 봄날을 두고
꿈같은 지난 세월
춘풍春風에 실어 보내는
향춘객享春客의 긴 시름은
또 한세월 넘기고

화사한 햇살로 피어날
그 봄날을 기다리며
그냥 그렇게 봄날은 갑니다.

봄날은 간다

해마다 이맘때면
개나리 만개한 신천변 따라
목이 터져라 부르던
내 슬픈 노래
봄날은 간다.

가슴에 묻어 둔 애절한 노래
봄날은 간다.

언제쯤이면
이토록 가슴 저미는
이 슬픈 노래가 사라질까?

함께 나눌 수 없었던
그 봄날의 아픔
내 영혼의 그림자 뒤로
숨겨 두고 싶은

차마
가슴 아파 보낼 수 없는
나만의 봄날은 간다.

여름
·
夏

태양 앞에 서다

유월의 바람

바람 한 점에도
마음 일어나고
뜬구름 머문 자리에도
한 생각 일어나니

이대로가
유월의 바람이고
훈풍薰風이다.

유월에 부는
바람 맞으며
마법 같은
세상 바라본다.

유월의 하늘

내려앉은 하늘 위로
목을 뻗어 숨을 쉰다.

솟아오른 대지 위로
한 걸음 내디디며
세상 뒤로 한숨 쉰다.

한숨으로 빚어 놓은
중천中天의 유월 하늘은
숨 막힌 가슴 위로
세상을 토해 놓는다.

유월의 하늘 끝에는
세상의 한숨이 있다.

태양의 미소

가슴 벅찬 환희로 밀려오는 저 태양의 생명력
그 뜨거움이 목을 타고
머리끝으로 치솟음에
이글거리는 저 붉은 색조는 녹아
내 동공 속에 용광로를 만든다.

타오르는 열기의 생명력
죽어 가는 내 사색思索에 불을 지피고
은근한 이 열정의 색조는
잠자는 내 감수성마저 불을 지펴
세월을 뒤로 한 내 모든 삶의 문을 열어
태울 것은 태워
재 되어 남은 것은
저 블루의 바다에 뿌리고

태워도 태워도
재 되지 않는
내 생명의 영혼
다시 한 번 세상 속에서 그 빛 발하도록
뜨겁게 뜨겁게 붉게 타오르게 하리라.

지금 내가 서 있는 이 자리
수많은 세월이 흘러가도
결코 타 버린 재가 되지 않게
다시 저 이글거리는 태양 앞에
당당히 서리라.

타지 않는 영혼으로
우뚝 서 있으리라.

태양의 미소를 바라보며……

소나기 단상斷想

바람이 불어온다.

하얀 하늘 위로 먹구름이 몰려온다.

갑자기 소나기가 내린다.

땅 위의 모든 것들
먼지를 일으키며 때린다.

천지가 온통
먹물 번지듯 어두워진다.

한참을 정신없이 지나간 시간 뒤로
장막을 걷어 내듯
하늘은 하얗게 변하고
순간의 적막이 감돈다.

소나기 지나간
그 자리에
나를 잊은 고요함이 깃든다.

아! 행복하다.

가슴 열어 하늘을 호흡한다.

뻥 뚫려 흔적 없는 가슴을 만진다.

이런 게
우리네 삶의 행복인가?

순간
미소 짓는 나를 본다.

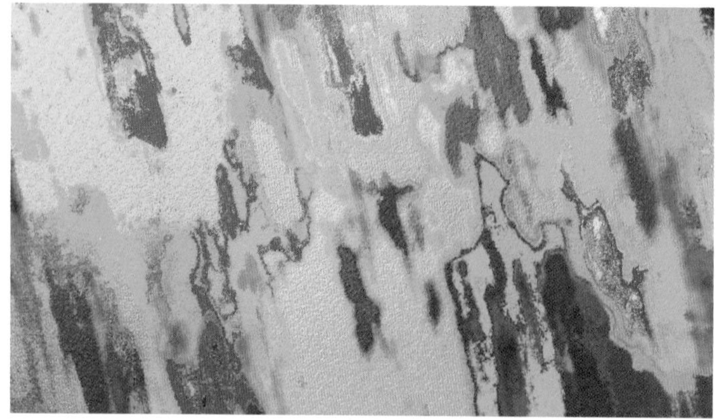

소나기 天木 作

소나기

먼지가 되어
메마른 세상에 소나기가 내립니다.

분분한 세상 기류에도
가라앉지 못하는
먼지 같은 생각들에도
소나기는 그저 세차게 내립니다.

돌아앉은 내 귓전에 전하는
한 줄기 소나기에
먼지 같은 생각들이
씻겨 내립니다.

먼지가 되고
한 줌 재가 되어 버린 이 세상에……

빗줄기 단상斷想

칠흑의 적막 속으로
들려오는 빗소리에
잠 못 이루는 밤

문득
창밖을 내다본다.

안개비 되어 내리는
마당 한 모퉁이에서
밤비를 맞는다.

가슴속 깊은 곳
미처 꺼내지 못한 진한 그리움이
어깨 위를 적시며 내려앉는다.

돌이켜 생각하면
아무렇지도 않을 그 이야기는
밤비 소리의 적막 속으로
이내 사라져 버린다.

밤비에 젖은
내 어깨 위로 펼쳐진
지난 이야기는
먹물처럼 번진 빗물에 젖어
대지 속으로 스며들고 만다.

이제는
더 이상 흐를 수 없는 이야기로
빗줄기 소리에 단잠을 청한다.

장대비

먹구름이 바람 몰고 오는가 싶더니
바람이 먹구름 몰고 와서는
갈증난 대지 위를 바람 앞세워
꼬챙이 같은 빗줄기로 퍼붓는다.

내내 달구어진 화로 같은 마음에
뿌연 김 뿜으며 빗줄기 사이로
불 꺼지는 소리를 내며 사라진다.

장맛비 앞에서

오늘같이
장맛비가 내리는 날이면
빗줄기 소리가
비가悲歌 되어 들리는 지금

빗줄기 사이로
나무를 만나고 풀잎을 스친
그 눅눅한 바람이
내 코끝에서 머문다.

그 묘한 향기는
지난 기억을 되살아나게 하고
그 기억으로
밥풀만하다고 생각하는
내 작은 호롱 앞에
그냥 우두커니 서 있다.

맑게 갤 하늘을 생각하면서……

태풍이 지나간 자리에는

태풍 지나간 팔공산에는
운무雲霧 너머로
운해雲海가 펼쳐지고
가슴마저 열어 두게 합니다.

생각과 마음 가운데
가슴이 있어
그나마 인간사 세상사도
묻어 두고
묻을 수밖에 없는
사연들이 머물다 갑니다.

이렇게
열어 둘 수 있는
이 가슴이 있어
살만한 내일을 생각하며
이제를 살아가는가 봅니다.

가슴으로 느낄 수 있는
우리 모두는
그냥 시인이 되고
그 사랑으로 살아갑니다.

세파世波에 따라 흐르고
풍파風波에 흔들리면서도……

폭염 주의보

장맛비에 젖은 눅눅한 몸으로
뜨거운 햇볕을 그대로 안는다.

땅도 뜨겁고 하늘도 뜨거운데
부는 바람은 가관이 아니어서
체온과 기온이 분간이 안 되는 지금

다들 어찌할 수 없는 처지여서
타는 가슴
가쁜 숨으로
폭염 주의보를 듣는다.

태양의 숨결 天木 作

철길에 서서

폭염의 세월에서도
한 가닥 희망은
만남이지만

운명은 만날 수 없는
숙명으로 가고
그래도 변치 않는 그대로 있어
영원성을 노래하는
해와 달 같아서 참 편안합니다.

편안함은
이 세월에서 사라져 가는
저 세월 속으로
수많은 사연과
무정한 삶의 그림자를 보낸
아쉬운 안타까움이
여기 내 안에서 돌고 또 돌아가는
세월 저편에서도
만날 수 없는 세상을
초연히 바라다봅니다.

열대야熱帶夜

더운 건
찬물 한 바가지 덮어쓰면
좀 시원하기야 하지.

천지사방天地四方
소통할 곳 하나 없는
염천炎天의 세상

더워서가 아니라
잠 못 이루는
우리의 심신心身이 그렇고
답답한 가슴이 더 그렇다.

세상은
그냥 그렇게 돌아가는 데도
돌아갈 수 없는
돌지 않는
그 한 생각에
이 밤도 몸부림으로
잠들 수 없는 밤이 된다.

장마 전선

이 땅의 모든 기운이
그대로 전하여 형성된
하늘의 변화에
그저 하늘의 뜻에 따를 뿐
어찌할 수 없는 지금

그냥 눈앞에 펼쳐지는
급급한 생각으로 버티다가
엎어진 흙탕물 치우는 것이 고작인
우리들은 과연 무엇을 생각하여야 할까?

시시때때로 변화하는 지구 환경에
생각할 겨를도 없이 닥쳐오는
자연의 이상 징후들이 생명을 위협하고 있다.

그런 최선봉에 장마 전선이 형성되어
예측 불허의 시나리오를
들이대고 있는 여기에
어떻게 대처하고
대비할 수 있는 방안을 내놓을 수 있을까?

그때마다 불거지는 수많은 의혹과 의문은
도대체 어떻게 해야만 하는가?
고작 이런 한숨의 생각과
말만 늘어놓을 뿐이다.

이 예측 불허의 장마 전선 앞에서……

칠월 단상斷想

세상에 중요한 것은 있는 그대로 있지만
우리가 좋아하는 것은
역逆으로 싫어할 수 있다는 의미가
함께하고 있습니다.

사랑도 미움도
모두 한 생각에 있고
사랑이 미움으로 변하면
애증愛憎이 더하고
미움이 깊어지면
증오憎惡가 되는 것처럼
우리 모두가 중요하고 소중한
귀한 존재가 되길 바라는 마음이
하늘 같습니다.

가장 중요하고 소중한 존재는
있는 그대로의
자연과 같기 때문이기도 합니다.

한여름 밤의 꿈

모두가 사라진
그래서 더욱 적막한 이 밤에
한 개비 담배가 있어
적적한 마음 달래고

뿜어낸 담배 연기는
저 칠흑의 공간에서
적멸의 별이 되어
북창北窓 아래
꿈속
총총한 별무리를 본다.

한 순간
별은 내 마음이 되고
마음은 상념에 젖어
북창北窓 밖
별무리에 묻혀 잠을 청하고
잠든 난
별생각 없이 꿈을 꾼다.

연화무蓮花舞

초록의 융단이 펼쳐진 그림 같은 호수 위에
연분홍 연꽃이 피어 있다.

달빛 온몸으로 받아 수줍은 연꽃의 몸짓은
애끓는 사랑의 몸짓이다.

연꽃에 맺힌 이슬은
행복의 눈물

달빛은 연꽃에 맺힌 이슬 밤안개로 감싸고
바람에 스치는 숲속의 음률로
달빛에 어우러진 연꽃의 춤사위가 시작된다.

환한 달빛에 수줍은 연꽃은 활짝 피어나고
청아한 바람소리는
달빛과 연꽃을 위한 사랑의 노래가 된다.

달빛 속에 파고드는 소리 없는 연꽃의 몸짓은
세상에 다시없는 아름다운 한바탕 춤으로
저 너머 또 다른 세상으로 찾아든다.

벽음碧音

하늘 높으니
내 마음
따라 푸르고

하늘 푸르니
하늘빛 젖은
바람 소리
홀로 푸르다.

내 눈에 비친
저 푸른 소리
내 귓전에
고요히 머문다.

순수純粹

아침의 찬란한 태양이
내 미간眉間 사이로 떠오르고

그 햇살은
온몸으로 전해지는
내 영혼의 빛이 된다.

이 햇살의 순수를 담은 내 영혼은
감은 두 눈으로도 느낄 수 있는
햇살의 뜨거운 입김을 담는다.

이 경이로운 느낌은
햇살처럼 홀연히 다가오는
내 영혼의 순수한 빛이 된다.

태양 앞에 서다

지난밤 꿈속에 태양을 품었다.

아침엔 햇살을 가슴에 안았다.

그리고

태양의 영원한 생명력 앞에서

일상의 삶으로 서 있다.

이윽고

눈부신 태양의 찬란한 빛으로

무명無明의 삶에서 광명光明을 얻는다.

가을

· 秋

가을이 간다

가을 문턱에서

달빛도 붉게 물들었던
지난 여름날 그 열기들이
이 가을 앞에 버티고 있지만

아침저녁 선선한 가을 기운은
가슴속을 파고든다.

영원히 사라지지 않을 것 같은
선명한 기억들의 향기

달빛 밝은 이 가을밤
그 수많았던 기억들이
따뜻한 모닥불을 피우게 한다.

가을 노래

나무 잎사귀 푸른빛 사라진 자리에는
노랑 빨강 주홍빛으로 잔치를 한다.

나뭇잎 물드는 소리에
낙엽 지는 소리마저 더하면
가을빛으로 울려 퍼지는 노래가 있다.

가을만이 빚을 수 있는
하늘빛과 소슬한 바람에
무심코 추억의 책장을 넘긴다.

이렇게 가을이 전하는
빛과 소리에는 애잔한 그리움이 있다.

그냥
가을바람에 옷깃 여미는……

구월의 봄

살아온 세월은
저 하늘
높이 두고

회한悔恨의 생각 끝에는
그냥
덮어두고 싶은 세월이 있다.

굳이 탓할 세월도
뒤돌아볼 인연도 없는 지금

허공의 소리 없는 바람결에
꿈결처럼 들려오는
종달새 소리

순간
시도 때도 없는
시간 속으로 간다.

구월의 지금

파김치가 된 세상

아직도
따사로운 햇살 남아 있고

물난리 태풍 속으로
찢어지고 휩쓸려 간 세상

참 몹쓸 세상이 된
지금의 구월 앞에
한숨 쉴 여력도 없이
주저앉은 우리들의 가슴

세울 수도
눕힐 수도 없는 신세는
하늘조차 보기 싫어
고개 숙이고 만
저 민초들의 설움을
구월의 햇살은 품을 수 있을까?

저 시린 가슴들을……

구월의 시간 앞에서

여름을 안고
구월의 시간 앞에 와 있습니다.

억수같이 쏟아지던 비 사이로
팔월을 안고
구월을 기다렸습니다.

오지 않을 듯 냉정하던 빗속에서
잠시 스치며 보이던
여름날의 뒤늦은 웃음이
팔월에 있었던 미소였습니다.

세상에 나를 가두듯
천둥 같은 소리로 잠재워 버렸던
기나긴 팔월의 이 시간을
영원히 잊지 못할 것입니다.

열병 같았던 팔월이 가고 나면
청명한 햇살 앞에
사랑스러운 가을의 채색들이
구월을 그리겠지요.

지나간 시간 속에
늘 그 자리에 있을 팔월을 그리며
햇살 눈부신 어느 날
추억의 담벼락에 기대어
구월을 사랑하며
그 자리에 있고 싶습니다.

세월이 지나 구월 속에 있을
어느 그림 한 곳에
당신이 그려 낸 손끝에 펼쳐지는
아름다운 색조였으면 하는 마음입니다.

이제 막 다가온 구월이
세상에서 가장 아름다운
그림이 되길 기도합니다.

구월이 가고
다시 올 이다음의 구월에도
오래된 채색의 향기 내는 추억을
당신의 그림 속에서 느끼고 싶습니다.

가을 단상斷想 1

제 몸 가을색으로 물들인 후
이별 남기고 사라져 가는
낙엽들을 바라보면서
세상 모든 것들이
생겨 사라지는 것이던가.

사라져 간 빛을 따라
가슴에 보이지 않게 묻어 둔 세월
조금씩 꺼내 보는
추억 같은 그리움과 애잔함이
내 가슴속에 계절병을 남기고
바람결에 스쳐 지나간다.

가을이면 앓는 병은
아련한 추억 되어
아름다운 시어詩語가 되고
가슴 가득한 그림으로
사랑스럽고 행복하다.

아! 살아간다는 것은
고되고 힘든 일이어도
내 가슴속 추억들로
때론 미치도록 행복하게 하여
오늘을 살게 한다.

아주 오래전 어느 가을날
고추잠자리 잡으러 쫓아다니다
한 번도 간 적 없는 생소한 길에서
막연한 두려움에 머뭇거리다
나도 모르게 올려다본 하늘에서
두려움이 사라졌던 기억이 난다.

아무것도 모른 채
그냥 그렇게 느꼈었지만
모르는 길에서 만났던 하늘색이나
알고 다니는 길의 하늘색이
가을 하늘빛으로 다 똑같다.

가을 단상斷想 2

그리움이
시간을 만나면
기다림이 됩니다.

기다림은
세월 속에서
향을 빚어 피워 올리고
빛으로 세상을 풍요롭게 합니다.

지금 여기에는
기다림도
그리움도
자리하지 않습니다.

다만
생각 속에서 일어날 뿐
그냥 가야 할 길이기에
낙엽 진 가로수 밑으로
무심코 걸어갑니다.

가을 단상斷想 3

뜬구름 잡을 수 없고
부는 바람 머물 곳 없으니
흐르는 물은 어디로 가는가?

한 생각이 뜬구름이라
바람 같은 인생
정처 없이 물 흐르듯
달빛 속으로 사라져 가네.

가을밤 움츠린 가슴엔
꿈같은 지난 세월
꿈을 꾸고
한낮의 가을바람은
눈이 시려 가슴조차 없어라.

사는 게 바람 같고
산다는 게 뜬구름 같아
오히려 생각 없이 사는 지금
시절은 물 흐르듯 세월 속으로 간다.

가을 사랑

가을 햇살 너머
곱게 익은 낙엽 위로
쓸쓸한 바람이 분다.

늘 이맘때 쯤이면
가슴 깊이 불어오는
고독한 바람 너머로
열정은 식어 가고

고독한 영혼을 위해
마시는 한 잔의 와인

슬픈 가슴에
독주毒酒처럼 스며드는
고독한 그림자인가?

가을 사랑은……

가을 연가戀歌

소슬한 가을바람이 지나간 자리 위로
가을비 내려 쌓인 낙엽 진 거리에는
비와 바람 같은 그리움이 자리한다.

오랜 기다림에 지친 지난 세월의 그리움
운명처럼 불어오는 가을바람 속으로
불꽃처럼 다가서는 영혼을 바라본다.

해와 달이 되었던 운명 같은 그리움
이제는 별빛으로 태어나 세월 너머로
가을밤 하늘 영롱한 빛이 되었다.

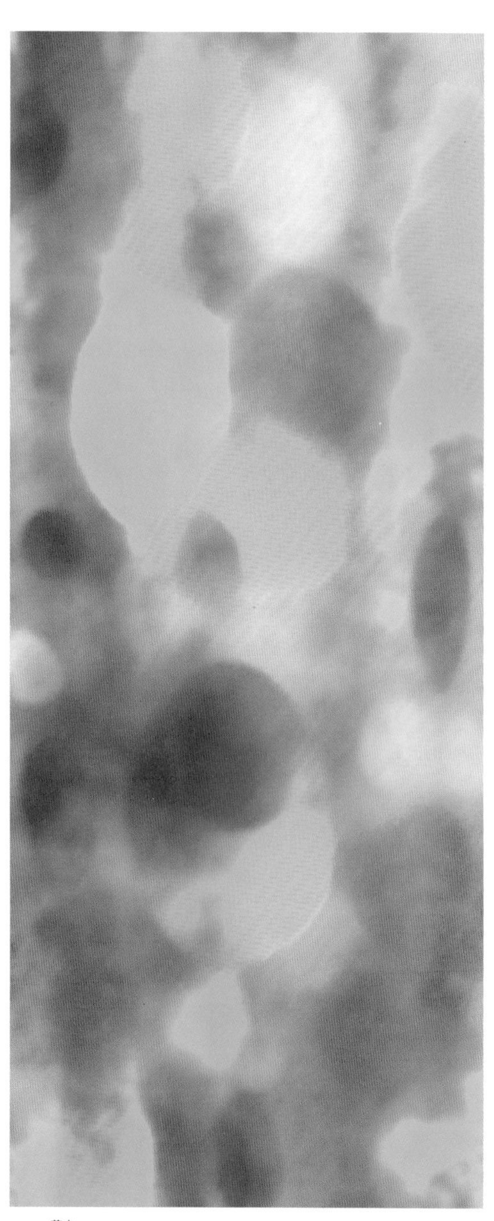

몽중夢中 天木 作

가을 햇살

따가운 햇살이 그리 싫지 않은 건
시간이라는 공간 속에서
나 자신을 뒤돌아볼 수 있어서일까?

이 햇살이 식을 때 쯤이면
빛바랜 낙엽이 지고
황량한 겨울이 오겠지요.

지나간 시간들이
아쉬워하는 가을 햇살처럼
그냥 스쳐 버린 세월이 아니었기를……

지난 세월 속
잊어야 하는 일들을 잊지 못하는 것이
더 고통스러운 지금

생각도 마음도
영글어 가는 계절의 숨결처럼
이렇게 살아 있음에 감사한 마음을
가을 햇살 기운 빌어
저 푸른 하늘에 전한다.

가을 하늘 1

하늘빛은 푸르다 못해 시리고
푸르고 시린 가을 하늘 바라보며
여의치 못한 몸 누이고
가만히 눈 감고
깊은 상념의 잠을 잔다.

곱게 물든 나뭇잎 사이 부는 바람은
가슴마저 시리게 하고
시린 바람은 내 가슴에
그리움의 색으로 물들이고
물들여진 가슴 부여잡고 흐느껴 운다.

미처 나누지 못한 가슴은
시린 바람과 따스한 햇살 안고
저 몰래 붉어진 눈시울 감춘다.

가슴 가득 붉게 물든 저녁노을 안고
어디선가 끝도 없이 스며드는
바람소리 들으며
등 뒤로 느껴지는 가을날 햇살에
살며시 뒤돌아본다.

가을 하늘 2

아침 바람에
온기溫氣 느껴지는 햇살

한나절 지나서야
평상에 누워 바라본 하늘은
볼 수 없는 하늘이다.

그냥은 눈이 시려
눈으로는 담을 수 없어
가슴으로만 느껴지는
그런 푸른 하늘이다.

오가는 구름조차도
바쁘게 떠다니는
저 푸른 하늘 너머엔
하늘나라가 있을까?

순간
낙엽이
내 어깨 위로 떨어진다.

가을비 내리면

열기熱氣 가라앉지 않은
도로 위로 비가 내리고
가슴에 남은
눅눅한 스트레스 너머로
가을비가 내린다.

긴 무더위에
살아남은 자만이 느낄 수 있는
감로수 같은 가을비가 온다.

빗소리에도 가슴 시원한
우리네 삶이고 보면
얼마나 인내하며 살아왔던가?

문득
빗줄기 사이로 부는 바람에
한 생각 맡긴다.

가을을 재촉하는 이 빗줄기가
지금의 열정 식혀 줄 수 있다면……

가을비에

낙엽 위로 내리는 빗소리에
창가의 풍광이 정겨운 아침입니다.

이런 느낌으로
이 아침을 열 수 있다는 것은
분명 축복입니다.

오늘 하루도
기쁨으로 가득한
주인공의 삶이길 바랍니다.

세상에
이렇게 상쾌한 계절을
항상 함께할 수 없음이……

가을비는 내리고 1

밤이 깊도록 추적추적 내리는
이 빗줄기에는
가을을 재촉하는
한 생각이 있다.

열정의 지난 세월 삭이기엔
아직도 모자라
태울 수 없었던
한 생각 때문일까?

이미 젖어 버린 빗줄기 리듬에
한 생각 내려놓고
빗줄기 너머로 만추晩秋를 꿈꾼다.

가을비는 내리고 2

흩어진 메마른 가슴에
추적추적 내리는 비는
내 서글픈 생각 위에
그렇게 가을을 적신다.

한세월도 모자란 세월 너머로
가을비 내리고
기다리는 세월 밖에는
비에 젖은 소식뿐이네.

가을비에 쌓여 있는 한恨
말끔히 씻기고
파란 가을 하늘
가슴에 담을 수 있으면 좋겠다.

가을빛

햇살의

속삭임으로

나무의

숨소리 정겹고

하늘빛

고운 울림은

내 가슴 깊은 곳

가을빛 되어

고요히 머문다.

가을밤 꿈에서 깨어 보니

오늘 하루에 사계四季가 있고
세월의 흐름에 내가 있네.

천지天地는 내 안에 자리하고
사방四方은 내 밖에 자리하니

어느 하나 내세울 것 없는 처지를
무심코 돌아보니

무상無常한 살림살이
공연히 꿈속에 허물만 지었구나.

가을바람 1

지난밤 세찬 바람에 숨죽인
새털구름 아래로 소슬해진
햇살 고운 바람이 불어온다.

바람은 그리움이 묻어 있고
그리움은 사랑의 그림자다.

때마침 불어온 바람결에는
숨겨 놓은 내 그리움마저도
잠재우는 가을 영혼이 된다.

바람난 가슴으로 불어오는
서글픈 세상의 바람결은
꿈마저 사라진 무심결이고

새털구름 사이로 불어오는
가을바람은 내 숨결이다.

가을바람 2

아침 햇살 사이로 불어오는
시린 바람이
어느새 내 안의 열기 식히고

이제는 내 안의 열기
가을바람에 숨 고르기 한다.

라디오에서 자주 흘러나오는
강남 스타일 노랫소리에
가을바람의 느낌마저도
나만의 가을 스타일을 느끼게 한다.

올 가을엔
어떤 다짐 가슴에 새길까?

문득
가을바람에 훌훌 털어낸
먼지뿐인
내 삶의 흔적 바라본다.

추공秋空

추공秋空에
머물 곳 없는 영혼은
숨이 목에 차 혼이 나고

추풍秋風에 머물고
추광秋光에 한숨 쉴 수 있는 것이
어디 그리 쉬운 건가?

이렇게 지각知覺하고 숨 쉬고
움직일 수 있다는 것만으로도
참 행복하다고 여겨집니다.

누구나 가을이면
지독히 아픈 영혼들이 있어
그들과 함께 떠날 수 있다면……

추풍에 떨어진 낙엽 밟으며
추정秋情의 깊고 진한
낙엽 내음이 맡고 싶어집니다.

여기
깊어 가는 가을 낭만을
마음의 여유와 함께하면 어떨까요?

소식消息은
바람 타고 갈 터인 즉
바람 소리에 귀 기울여 보시게나.

낙엽 단상斷想

가을비 내리고 바람만 불어도
그대로 떨어져 흩날린 낙엽들
모퉁이 돌아선 돌담길 위에는
숨마저 멈춰진 낙엽이 뒹군다.

춘삼월 호시절 언젠가 싶더니
세상을 그렇게 달구던 열풍도
시절이 다하면 맥없이 숨쉬고
땅기운 사라진 가지만 남았다.

머잖아 몰아칠 칼바람 생각에
돌아볼 겨를도 마주할 시간도
마음만 앞서고 서둘지 못하니
서글픈 생각에 낙엽만 밟는다.

단풍

대자연의 이 아름다운 빛
계절이 주는 마지막 선물

푸른 하늘과 바람 끝에는
언제나
삶의 무상함이 있다.

바람 따라 가 버릴 인생사

인생의 무상함 너머로
한갓 바람인 삶을 두고서
우리는
단풍 빛으로 눈이 먼다.

가을은

가을은
바람부터 철학적 의미로 내게 불어오고

가을은
정겨운 마음 있어 풍요로움 더하고

가을은
밤기운조차 풍류 더하니
순간 멍하다.

추풍秋風은
마음 고독한 영혼으로 전하고

추정秋情은
살아온 지난 세월만큼 뒤돌아보게 하고

추야秋夜는
별빛 따라
내 마음 허공으로 가게 한다.

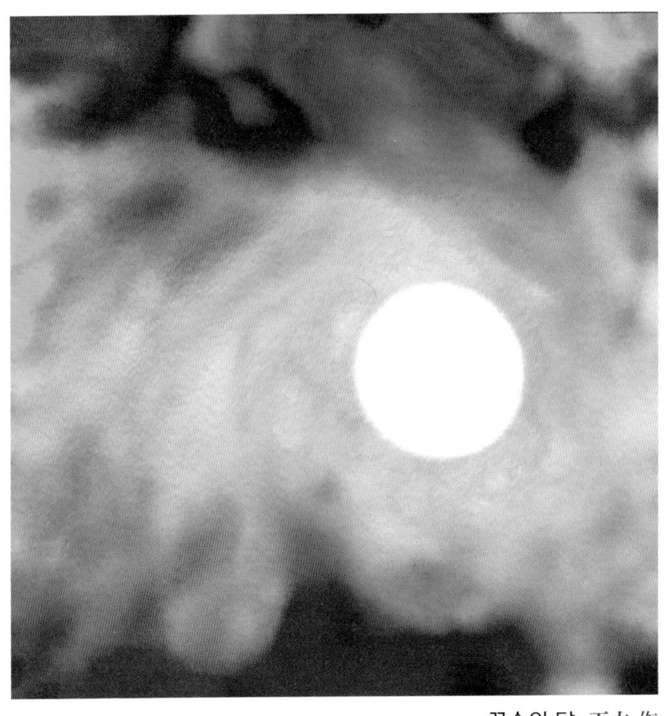

꿈속의 달 天木 作

낙엽이 진다

새벽안개 속
낙엽 진 거리를
몽유병 환자처럼
넋 놓고 걷는다.

낙엽은
머리 위로
어깨 위로
추정秋情에 겨워

내 가슴에 지독한
아픈 영혼이 되어
낙엽이 진다.

낙엽은
어느덧 내가 되고
지난 숱한 세월이 되고
아쉬운 시간이 된다.

새벽녘
낙엽 진 거리엔
삶의 향기와
남은 열정으로 있는데

황혼녘
흩날리는 낙엽은
석양 그림자에 실려
회한[悔恨]의 지난 세월이 되고
서글픈 삶에 한숨을 더한다.

아 ~ 한숨은
무작정 이내 가슴에
고달픈 삶의 시름으로 있고

열정[熱情]이 식어 가는
산하대지 위에는
그냥 그렇게

지금
낙엽이 진다.

가을이면 앓는 병

황혼녘
노을빛 아름다움 만큼이나
스산한 낙엽 진 가로수 밑 바라보며
깊은 사색의 여유를 갖는다.

길모퉁이
낙엽 태우는 내음

문득
가을만이 갖는
쓸쓸함과 고독감 내지는
무엇인가 마구 사랑하고픈 충동
가눌 길 없다.

로맨틱함도
서글픈 몸짓도
때론 인생의 황혼처럼
안타까움도 없진 않아
기분마저
왠지 알 수 없는 곳으로 가고 있다.

카페에서
진한 커피 한 잔으로
그댈 바라보며
달빛 머금은 눈동자를
더욱 사랑하고픈 마음으로
빠져들고 싶다.

해거름녘
낙엽 날리는 길을
아프도록 걷고 싶다.

가을이면 앓는
지독한 병病이다.

나만의 가을 하늘

눈이 부셔 쳐다본
푸른 하늘은
내가 사라진 하늘이다.

소리 없이 고요한
맑은 하늘은
네가 그리운 하늘이다.

향기 없는 청아한
가을 하늘은
우리의 고독한 하늘이다.

가을 하늘 기러기 날고

걸림 없는 저 가을 하늘엔
기러기가 주인일세.

이리저리 날아
허공에 그림자 없는 몸짓으로
메아리 없는 소리로
창공을 마음대로 날아가네.

지각 없는 중생들이
저 기러기 마음 알까?

일체중생一切衆生이
나 아님이 없듯
천지만물天地萬物이
다 내 안에 있다는 걸 알면
저 하늘이
그냥 하늘만은 아닐 게야.

끝없는 저 가을 하늘을
유유히 날아가는 기러기 되어
나도 따라 날아간다.

추야몽중秋夜夢中 - 속리俗離

밤안개
송림松林 사이로
가을밤 하늘 별빛은
함께한 마음에 잠들고

이 아침
고송古松 사이로 비치는
안개 속 햇살은
황홀한 가슴에 깃들어 있는데

저 햇살 수림樹林 뒤에는
어떤 세상 기운이
우리들 마음에 있을까?

숲속 이편에서 바라다본
서광瑞光 저편엔
환희와 어떤 그리움으로 있는데

서광瑞光 저편에선
숲속 이 서기瑞氣 느낄 수 있을까 하는
안타까움이 있다.

추풍秋風에 떨어진 낙엽은
인생의 황혼 같은
느낌으로 와 있고

거니는 걸음걸음엔
이미 세상을 떠난 초연함으로
고요하고 고요하다.

추야몽중秋夜夢中 - 애수哀愁

노란 은행 잎사귀 숨결 같은 사랑은
가을바람 결에 내 가슴에서 사무쳐
그리운 네 맘속에 있는데
낙엽 되어 사라져 가는
아쉬운 나의 사랑은
쓸쓸해 미운 마음이 되고
뒤돌아서서 살포시 미소 짓는 저 그리움은
함께할 수 없는 사랑이어서 싫다.

그 사랑은 한숨이 되고
순간 미운 마음은 왜 들까?

가까이하지 못하는 내 가슴은
이미 내 안에서 나눌 수 없는
가을밤 꿈이어서일까?

꿈속 달그림자는
저 몰래 죽부인竹夫人 안고
시름 달래는 이 그리움은
가을밤 꿈속 홀연히
소슬한 바람 되어 애잔한 꿈을 꾼다.

추야몽중秋夜夢中 - 추풍秋風

추풍秋風은
이때를 놓치지 아니하고

구름은
저 추공秋空을 한가히 수놓고

마음은
쓸쓸한 허공 속에 맴돈다.

생각은 그저
정신 없는 사방四方 중에도 없고
나는 오래전
추공秋空에 이는 추풍秋風일 뿐

추야몽중秋夜夢中의
한가로운 주인일세!

시월의 마지막 날에 1

낙엽 진 산모퉁이를 지나
연지蓮池의 가을비를 만난다.

어제까지만 해도
마른 연밥과 색 바랜 연잎들이
간간히 갈대의 은빛 속삭임에
한시름 내려놓는가 싶더니

새벽부터 내린 애꿎은 가을비에
시름 깊어진다.

세상은 여기저기서
시월의 마지막 축제라도 하려는 듯
철없는 가을비 우산들로 분주하고

해마다 이맘때 쯤이면
나도 덩달아
세상 마지막인 양
시월의 단상斷想에 빠지고 만다.

시월의 마지막 날에 2

햇살에 비치는
빛바랜 나뭇잎을 보다가
떨어져 바람에 나뒹구는
낙엽의 힘없는 소리를 듣는다.

사계四季는 시절 따라
기운氣運으로 생겨나 사라지고
바람결에 흩어져
시공時空의 심포니를 이룬다.

그 장엄한 울림은 산하대지를 물들이고
노을빛 떨림으로 사라져 가는
이 시월의 마지막 날
내 생의 마지막 순간처럼
숙연해지는 이 무드는
오늘따라 푸른 하늘이 슬퍼서일까?

바람마저 쓸쓸한 지금
시월의 세레나데를 부른다.

불 꺼진 나의 창 너머로……

시월의 마지막 날에 3

한 해 가운데
유독
시월에 가을의 의미를 두는 건
합合이 자리하고 있어서 그런가?

그렇게 보면
시월의 풍요로움이
우리네 삶에 온전함으로 있어
차마 보내기 힘들어 그런 건가?

이래저래 아쉬운 마음은
흩날리는 낙엽을 바라보는
노을빛에 젖은 눈빛이 된다.

어떤 의미 전하고 받으려는
가을 연인들이 옷깃 여미는 지금
숨결마저도 가쁘게 들려온다.

시월의 마지막 날에는……

시월 마지막 밤의 연가戀歌

드높고 푸르던 가을 하늘은
총총한 별빛에 물들고

사랑의 세레나데로 선잠 깬
시월의 쓸쓸한 밤하늘엔
못다 한 사연으로
이룰 수 없는 인연으로
생각의 끝에 서 있다.

시월은
채울 수도 비울 수도 없는
합合이어서 쓸쓸한 것인가?

더 이상 어울릴 수 없는
함께할 수 없어 더 슬픈
시월의 마지막 밤에 부르는 나의 노래는
허공에 울려 퍼지는
고독한 연가戀歌가 된다.

그 쓸쓸함으로……

가을이 남기고 간 사랑

하늘 바람 구름 그리고 햇살
이렇게
내 눈에 담을 수 있는 것들과
내 가슴으로 품을 수 있는 것

그냥 감사한 것은
나의 가을 사랑 덕분입니다.

가을이 남기고 간 사랑은
보이지 않아도 보여지는 경이로운 세상
말하지 않아도 들려지는 큰 감동의 울림
만지지 않아도 느껴지는 진정한 고마움

세상에 그런 마음 가질 수 있다는 것은
큰 얻음입니다.

아무것도 없는 사랑의 힘
알아 가고 있습니다.

가을이 남기고 간 낙엽 같은 사랑으로……

가을이 간다

미처 쓸어 내지 못한
가슴 가득한 낙엽을 두고
가을이 간다.

물들어 잠들지 못한 그리움은
쓸어 담지 못한 낙엽 때문일까?

이렇게 채우지 못한 가슴에
공허한 바람으로 일 뿐
애써 태우지 못한 낙엽
가슴에 묻은 채
속절없이 가을이 간다.

갈바람에 흩날려 잃어버린 그리움은
가을비에 젖어 버린
쓸어 내지 못한 마음이 되고

태울 수 없는 낙엽은
님의 그림자로 남아
무정한 세월을 뒤로한 채
지금 이 순간 가을이 간다.

겨울 · 冬

설산의 열정

겨울 연가戀歌

눈이 내리고

사랑하는 이들의 애잔한 미소가
함께한 세월의 그림자 위에 깔린다.

아픔과 이별
그리고 극적인 해후邂逅

사랑하기 때문에
집착과 소유라는 함수로
사랑은 점점 깊어진다.

함께 나누지 못하는 것이
오히려 병이 된 지금의 노래는
눈 위에도
눈보라에도 들리지 않는다.

이렇게 겨울 연가는
소리 없이 울려 퍼지고
순백純白의 눈 위에
새하얀 그림자를 남긴다.

겨울 하늘

바라보기만 하여도
가을 하늘보다 더 높은
가슴 먼저 시원한 하늘

여름 하늘보다도
더 가까워진 코끝에는
숨쉬기 시린 하늘이다.

무심코 볼 수 있는
봄날의 하늘보다
손끝에 있는 하늘이고

철 다른 느낌으로
가슴 가득 내려앉은
숨쉴 수 있는 하늘이다.

겨울 단풍

파릇함으로
생명력 보여 주던 새잎은
기운이 다한 잎새 되어
차가운 바람에 얼굴을 붉힌다.

파릇함도 시간이 다하면
색 바랜 낙엽 신세이거늘
아직도 푸른 시절의 망상으로
철없는 모습은 바람 앞에 선다.

덧없는 것이 세월이고 보면
내세울 것도 드러낼 것도 없는
지나온 세월 돌아보고
얼굴 붉힐 일은 없어야 할 텐데……

문득
겨울 단풍 돌아보다가
마지막 잎새를 생각한다.

겨울 안개 1

찬 하늘에 입김 내뿜으면
뿌옇게 사라지는
나만의 안개가 있다.

알 수 없는 안개 속이고
무미건조한 탓에
그리 오래가진 못하지만
그나마 포근한 날씨엔 웃는다.

도시에 안개 낄 때면
다들 마스크 쓰고
길 걷기가 분주한데

산속에 안개 내려앉으면
저마다 독특한 소리로
없는 야호를 부른다.

산 저편에도
겨울 안개 너머로
똑같은 야호를 부른다.

겨울 안개 2

세상이 오리무중悟理霧中이니
대낮에도 깔린 안개
걷힐 생각 아예 없고

차가운 하늘 아래로
밤안개마저 짙게 깔린
이미 세상을 잊은 세상이다.

그나마 얼어붙지 않은 채로 있어
지금이야 숨이라도 쉴 수 있지만

언젠가 겨울 안개
안개꽃으로 피어나
가슴으로 품을 수 있다면

겨울 안개 걷힌
저 푸른 하늘 아래서

가슴 없는 세상
세상 잊은 세상에서
한숨 쉬어 볼 텐데……

겨울 안개 3

신神의 입김 가득
메마른 하늘땅 젖게 하는
이 아침에

지난밤
식지 않은 내 그리움은
희뿌연 안개 된
신神의 입김 가득
내 숨결에 전해져 오고

이 순간 만큼은
지우고 싶었던
내 모든 기억들이
뿌옇게 사라져 좋다.

무심결에 마시는
모닝커피 한 잔에
이내 사라질
겨울 안개의 희뿌연한 꿈
문득 안고 만다.

겨울 단상斷想

춥다 추워
모진 북풍한설北風寒雪도 아닌데 춥다.

밤이 깊어도
갈 곳 없는 가슴이 더 시리고
불 꺼진 창밖에 서성이는
내 그림자가 더 춥다.

어둠 속
펴지 못한 이 그리움은
겨울 초입初入에 더 춥고
피할 수 없는 겨울의
이 외로운 가슴은
그냥 찬바람을 안고 만다.

춥다 추워
겨울에 태어난 운명이어서 그런가?

지리산 꼭대기 나목[裸木]도
나보다 춥진 않을 거라는 생각에
영혼마저 시려 옴을 느낀다.

아!
춥다 추워

세상이 춥고
내 가슴마저 시리다.

이 추운 순간이 지나고 나면
내 마음이 녹을까?

설빙雪氷 天木 作

겨울 바다

선뜻 다가서지 못하는
거품 같은 세상 너머로

여미지 못한
생각으로는 설 수 없는
파도에 숨죽여 서 있다.

바위에 부서지는
파도의 거품에
이미 내가 숨어 있고

밀려오는 파도의 거품에
알 수 없는 나를 본다.

겨울 바다에 맞서
숨 쉬는 숨결에는
가슴 시린 내가 있어

시린 가슴으로는
차마 서 있을 수 없어
바다를 뒤로하고 만다.

겨울 장미

낙엽 진
울타리 너머로 고개 내민
빨간 장미의 당돌함에
시린 가슴이 뭉클해진다.

색 바랜 낙엽 위로
전하고픈
얼굴 붉힐
무슨 사연이라도 있는가?

아는 것 만큼 느끼고
느끼는 만큼 말하는
그냥 피어 있는 너를 알까?

차가운 바람에도
아랑곳없이 피어 있는 넌
모진 여기를
비켜서지 않는 희망이다.

겨울 비가悲歌

길고 긴
겨울밤 언저리에 내려앉은
겨울새 한 마리

새하얀 눈 위에
밤새도록 알을 낳았다.

무슨 사연으로
피멍 삭인 가슴
밤새 토해 놓고는
새벽빛 따라
서쪽 하늘로 날아갔다.

이내
하늘빛은 칠흑의 공간

북풍에 들려오는
겨울새의 구슬픈 소리에
시린 겨울 가슴 안고
한숨으로 이 밤 지새운다.

겨울 나들이

북풍한설北風寒雪 자리한
황량한 들판 지나
얼어 버린 겨울 산이
거기에 그냥 있습니다.

나목裸木도
그냥 추운 채 있습니다.

하얀 눈을 안은
산자락 입김이
뽀얀 하늘 소식 전한
거기에 내 그리운 님이
그냥 그렇게 서 있습니다.

반가움과 수줍음에
설레는 내 가슴은
잿빛 하늘 하얗게 물들이고

내 님의 새하얀 미소는
거기에 그렇게 있어 행복합니다.

겨울 빗소리에

무심코 바라본
겨울 빗소리에

세상의
묘한 이치 관觀하고

바깥 소리와 내면 소리에
온 마음 모으면

나를 찾는
성찰省察의 순간이 된다.

이 겨울 빗소리에……

겨울비

여기
새삼스러울 일은 아니지만

가을비 우산 속에는
낭만이 그냥 자연스럽고

여름 소낙비는
온 세상의 일상이 정화되고

봄 보슬비에는
뭇 생명들 숨결이 깃들고

궂은 겨울비는
기다리는 마음들에게
얄궂은 심사를 드러내고 만다.

그래서인지
겨울비는 슬프고
애잔한 기억들로
옷깃마저 여미게 한다.

유난히 비를 좋아하는 이들의
가슴 한편엔
아직도 젖은 우산 접지 않은 채
겨울비 기다리는
텅 빈 가슴들이 있다.

이렇게
겨울비에는
계절이 가져다주는 특별함 없는
잿빛 하늘 그리워하는 이들의
안식처가 된다.

겨울비 너머로……

정월 대보름

만공滿空의 그림자 뒤로 하고
현공玄空에 불 밝히니

미혹한 중생의 마음에는
풍성함 더하고
만월滿月의 풍요 여기에 있네.

무정한 월광月光은
허공 중에
중생의 심사心思
공연空然하게 하니

그림자 여윈 달은
허공에 걸려
홀연 명월明月 되어
이내 심중에 가득하여 있네.

여명黎明 天木 作

겨울밤 1

찬바람 휘몰아치는
저 거친 소리에는
분명
세상 너머 숱한 아픔이 있다.

바람 소리에
숨결조차도 느낄 수 없는
꿈만 같은 겨울밤 이야기에는
나만의 슬픔이 있다.

북풍한설北風寒雪에 짓눌린
긴긴 겨울밤 이야기에는
지금 여기
오도 가도 못한 신세이고

따뜻한 온기溫氣 그리운
아랫목 이불 속에서는
봄날의 세상을 꿈꾼다.

겨울밤 2

춥기도 춥지만
참 길기도 긴 이 한밤중에

아랫목에서 잠시 꿈을 꾸는
지난 세월 속 그림자들은
이 겨울밤 이야기가 된다.

여기 한 시절 마감하려 하는
살림살이를 바라보는 심정
이 겨울밤만 하겠는가.

그래도
이 밤이 있다는 것만으로도
참 행복한 순간이 된다.

머지않아
아랫목 온기가 사라지면
우린 어디에서 꿈을 꿀까?

이 겨울밤 내내……

호롱불

까만 밤

별빛 호롱에 불 밝혀
내 돌아갈 그리운 세상
밤하늘 별빛을 헤아리고

불 밝힌 달빛 호롱엔
내 마음 가득 담아
달빛 따라갈
님을 기다립니다.

호젓한 방안 가득
숨결처럼 일렁이는
호롱의 수인手印에 숨죽이고

까만 밤
호롱불에 가만히 내민
별빛 따라
밤하늘 꿈속의 별이 됩니다.

겨울밤 바람 소리

초저녁
어둠 사이로 부는 바람에는
지난 세월 잘못을 노래하고

아랫목으로 파고들어
손바닥으로 온기 느끼려는
바람 소리에는
할 수 없는 이야기가 있다.

바람 소리에 숨죽인
외딴집 창가에는
아직도 못다 한 이야기가
불빛 따라 새어 나오고

겨울밤이 깊어 갈수록
거센 칼바람 소리는
한恨 서린 울림으로
언 창을 열어
온 가슴으로
한세상 느끼게 한다.

설산雪山의 열정

당신의 아름다운 영혼의 소리여!
살며시 오시어
영혼의 노래를 들려주고 가셨습니다.

바람처럼 흔들리는 노래 소리
그 속에 춤추는 영혼이 있습니다.

억겁億劫의 세월 속
사랑의 대가로
잠자는 시간을 형벌로 받았는가.

잠자는 설산은 님의 마음속에서
오랜 세월 동안 침묵의 시간을
아름다운 영혼의 소리로 그렸습니다.

태양보다 밝은 빛으로
초록 생명과 무한한 우주의
하얀 세상 속에 펼쳐진
천상의 아름다운 모든 것이
영혼의 소리로 그려졌습니다.

님의 열정이 춤을 춥니다.
태양과 함께 그 환한 밝은 빛이 힘으로 넘쳐나
그려진 선율이 정적靜寂을 만들어
세상에서 가장 아름다운 춤을 추게 합니다.

우주를 가득 메워 흐르는
아름다운 노래 속에 자연이 만들어져
새로운 생명이 잉태 되고
그 빙하 세상은 새로운 세상을 만들어 낼
침묵 속에 머물러 있는 듯합니다.

다시 떠오를 세상
침묵 속에 멈추어 있는 듯한 세상이
빛으로 세상에 드러내어지고
찬란한 영혼의 움직임은 하늘로 치솟고
그 하얀 세상엔 님의 정열이 펼쳐져 있습니다.

침묵하던 님의 사랑으로
세상 앞에 그려지니
아름다운 당신
그 영혼의 소리가 온 우주 안에 가득합니다.

天木
팔공산 난문소 아쉬람 한주閑主

사계四季

초판 인쇄 2024년 4월 23일
초판 발행 2024년 5월 1일

지은이 天木
펴낸이 배성욱(天木)

펴낸곳 난문소
출판등록 2023년 1월 25일 제 2023-000002호
주소 대구광역시 동구 팔공산로 886
전자우편 banya151515@gmail.com

ISBN 979-11-987362-0-8 03800

책값은 뒤표지에 있습니다.
잘못된 책은 교환해 드립니다.